Les éditions du soleil de minuit

3560, chemin du Beau-Site, Saint-Damien, (Québec), J0K 2E0

Jacques Laplante

Après avoir effectué un séjour de deux ans en Afrique, Jacques Laplante enseigna pendant six ans chez les *Inuit* du Nunavik. Il travaille présentement à Montréal auprès des élèves *inuit* du postsecondaire. Une façon bien agréable de voir grandir sa famille.

Du même auteur,
aux Éditions du soleil de minuit:

Collection album du crépuscule
L'enfant qui rêvait de s'envoler..., illustré
par Stéphane Simard, traduit en inutti-
tut par Sarah Beaulne, 2000.

Collection roman jeunesse
Alaku, de la rivière Koroc, 1999.

François Girard

Illustrateur et aquarelliste
réputé, François Girard se
spécialise en reconstitu-
tion du mode de vie
autochtone préhistorique
et historique. On peut
admirer son immense ta-
lent dans une revue spé-
cialisée, consacrée aux
Amérindiens.

Jacques Laplante

L'avion fantôme

Illustrations
François Girard

Les éditions du soleil de minuit

Les éditions du soleil de minuit remercient

 Le Conseil des Arts du Canada
The Canada Council for the Arts   et la   SODEC
SOCIÉTÉ DE DÉVELOPPEMENT
DES ENTREPRISES CULTURELLES
Québec ::

de l'aide accordée à son programme de publication.

Illustrations : François Girard

Montage infographique : Atelier LézArt graphique

Révision des textes : Sophie Dodart

Dépôt légal, 3ᵉ trimestre 2001
Bibliothèque nationale du Québec
Bibliothèque nationale du Canada

Données de catalogage avant publication (Canada)

Laplante, Jacques, 1953-

L'avion fantôme
(Roman de l'aube)
Pour les jeunes de 8 ans et plus.

ISBN 2-922691-08-X

I. Girard, François, 1953- . II. Titre. III. Collection.

PS8573.A631A94 2001   jC843'.54   C2001-941171-5
PS9573.A631A94 2001
PZ23.L36Av 2001

À Mathieu St-Onge,
sans lui cette histoire n'aurait de sens...

Avertissement

L'origine de certaines légendes se perd dans la nuit des temps. Ces récits apparaissent souvent comme des reliques d'une autre époque, bonnes pour faire peur aux enfants. Qui croit aux légendes de nos jours ? Existent-elles seulement pour nous divertir ? À la fin de la lecture de cette histoire, j'espère que vous serez en mesure de répondre à ces deux questions fondamentales. Vous pourrez alors faire le partage entre la vérité et la mystification.

Chapitre 1
La légende du grand-père

Toute cette histoire débuta à la fin de l'été, il n'y a pas si longtemps. Au loin, une aurore boréale se profilait dans le ciel et le phénomène durait déjà depuis la nuit tombée. Cela ressemblait à un voile de couleur verte qui, imperceptiblement, se déplaçait, comme agité par les vents des grandes altitudes. Sans aucun nuage, le firmament, avec ses millions d'étoiles, rappelait l'immensité de l'univers qui nous entoure. L'aurore boréale annonçait probablement un changement de température.

Ce soir-là, Mathieu jouait dans le sable, derrière la maison. Les traînées de lumière verte sillonnaient toujours le ciel. « Il fait beaucoup trop sombre pour rester dehors. Je vais rentrer à la maison », se dit-il. La fraîcheur du soir enveloppait la forêt et le garçon commença à frissonner.

La maison, construite à l'écart du village amérindien, donnait directement sur le chemin menant aux nombreux lacs de la région. À la naissance de Mathieu, son grand-père avait choisi cet emplacement, et de ses mains, avait construit une magnifique demeure, en bordure de la grande forêt, dans la tranquillité sauvage. Les véhicules qui empruntaient cette route appartenaient majoritairement aux villageois. À

l'occasion, une fois ou deux par sai-
son, le camion d'un pêcheur étranger
venait à passer, la plupart du temps
conduit par un guide du village. À
part ça, on ne voyait jamais personne.

Mathieu se dirigea vers l'habi-
tation. « Que pourrais-je bien faire
d'autre ? » se demanda l'enfant, tout
en refermant la porte derrière lui.
Une fois à l'intérieur, il vit sa mère qui
achevait de mettre un peu d'ordre
dans la cuisine.

– Qu'y a-t-il, mon garçon ? Tu
sembles bien triste ce soir !

– Oh ! rien... bredouilla Mathieu.

– Tu t'amuses au moins ?

– ...

Mathieu haussa les épaules. Il allait et venait dans la cuisine comme une âme en peine, cherchant à s'occuper sans trop y parvenir.

– Voyons. Tu ne veux rien me dire de tes gros soucis ? ajouta la mère, avec un bref sourire.

– *Nikaui* ? As-tu vu l'aurore boréale dans le ciel ?

– Qu'a-t-elle de particulier ce soir ?

– Elle est... Oh ! rien.

Mathieu hésita quelque peu. Il semblait déçu. De quoi ? Il n'aurait su le dire. Il aurait aimé discuter de l'aurore boréale avec sa mère. Mais à quoi bon ! Elle ne comprendrait pas. Il s'approcha de la porte et contempla à nouveau le ciel sombre.

– Aujourd'hui, c'est la fin de l'été, n'est-ce pas ?

– C'est ça qui te rend si triste ?

Mathieu ne répondit pas. Il paraissait chercher quelque chose dans les poussières vertes qui sillonnaient le firmament.

Après un instant d'hésitation, la mère ajouta :
– Tu ne trouves pas que l'aurore boréale fête l'événement d'une belle façon ?

– Oui, bien sûr...

Mathieu se tourna vers sa mère.

– Tu te souviens de la légende que *Nimushum* racontait l'hiver dernier au sujet des aurores boréales ?

La mère sembla chercher dans sa mémoire.

– Celle de l'enfant qui fait un vœu ?

– Han, han...

Les yeux de Mathieu s'agrandirent. Il poursuivit :
– *Nimushum* disait qu'à ce moment-là, à la fin de l'été, l'aurore boréale pouvait exaucer le souhait

d'un enfant.

La mère tourna les yeux vers l'enfant d'un air surpris.

– Qu'est-ce qui te tracasse autant dans cette légende ?

– Est-ce que cette légende est vraie ?

– Je ne sais pas. Je ne crois pas tellement à ces choses.

– Moi non plus, bien sûr.

Mathieu regardait à nouveau le ciel. Il ajouta :
– Ça fait longtemps que je ne crois plus aux fantômes ou aux revenants.

Il semblait réfléchir plus que de coutume. Il enleva son gilet et le déposa sur une chaise.

— *Nimushum* disait que si je voyais une aurore boréale, le dernier jour de l'été, je pourrais faire un vœu et qu'il se réaliserait. Crois-tu qu'il disait cela pour me faire marcher ?

— Je ne sais pas, Mathieu. Je connais ton grand-père. Ce n'est pas dans son habitude de raconter des mensonges. Peut-être qu'il sait des choses que nous ignorons.

— Bon, je vais y penser.

— Et moi, je suis un peu fatiguée. Il commence à se faire tard. Je pense que je vais aller me coucher.

Tu ferais bien de suivre mon exemple.

– Oui, je vais jouer un peu avec mon avion et ensuite j'irai dans ma chambre. Ne t'en fais pas pour moi. Je serai sage et je n'oublierai pas de me brosser les dents.

– Tu n'oublieras pas aussi d'éteindre avant d'aller au lit ?

Mathieu observait toujours le ciel. Sa mère insista.

– Promis ?

Il hocha la tête en fermant les rideaux et s'approcha de sa mère.

De sa main, elle lui caressa le visage.

– Bonne nuit, mon petit.

Mathieu embrassa sa mère sur la joue qu'elle tendait. Rassurée, elle quitta la cuisine et disparut dans sa chambre.

Chapitre 2
Le jouet favori

Mathieu se retrouva seul. Il cherche son petit avion de bois. C'était un hydravion, un modèle simple, peint de couleur verte, que son grand-père, au cours de l'hiver précédent, avait confectionné pendant ses temps libres.

Après avoir bien cherché, Mathieu le trouva sous l'un des divans du salon. Il revint dans la cuisine, s'assit par terre et se mit à s'amuser avec son jouet favori. En tenant le petit appareil dans sa main, il le faisait voler autour de lui en mille et une cabrioles. Après plusieurs minutes, il cessa ces voltiges et ces loopings. Autour de lui, tout était silencieux.

Il se remit à penser à la légende. Il se leva. Par la moustiquaire de la porte, il apercevait l'aurore boréale qui continuait à dessiner des formes étranges dans le ciel. Cela ressemblait aux figures que formait la fumée de la pipe de son grand-père. La fumée flottait longtemps dans l'air, mais lorsque arrivait le moindre souffle, tout le nuage se dispersait comme un brouillard derrière lequel se cache un terrible secret.

Était-ce vrai, ce que son grand-père lui avait raconté ? S'il faisait un

souhait, se réaliserait-il ? Son désir le plus cher était de piloter un avion semblable à son jouet, mais celui-là, bien réel.

« Un jour, quand je serai grand, je serai pilote de brousse. Je posséderai un appareil comme celui-là et je le piloterai pour vrai ! Je pourrai voler parmi les nuages ! Je survolerai la cime des arbres ! »

– Vroummm...

Avec son jouet, Mathieu entamait une descente vertigineuse.

« Je surprendrai les oiseaux ! Je pourrai secourir les chasseurs perdus dans la forêt ! Je deviendrai un aviateur !!! »

Il réussit à poser son appareil, sans dommage, sur la table à café.

Tout cela était son plus grand rêve, un rêve qui le hantait depuis quelques années déjà. Depuis qu'il avait vu pour la première fois, « en personne », un hydravion. Il s'en rappelait très bien. C'était l'appareil qui avait amené son grand-père et son oncle sur leur territoire de chasse, il y avait trois étés. Il devait avoir cinq ans à cette époque, les deux hommes partaient à la chasse à l'orignal pour un peu plus d'un mois. Avec sa mère, il les avait reconduits jusqu'au Lac-à-la-Truite, à quelques minutes de route de sa maison. Maintenant, il se souvenait très bien de ses émotions d'alors. Comme il avait été surpris par l'arrivée de l'appareil ! Combien il

avait été impressionné par le gronde-
ment du moteur ! Vroum ! Vroum !
Tout un tintamarre, et plein d'éclabous-
sures sur le petit quai de bois !

Chapitre 3
Dans la tourmente

Il continuait à songer à cet événement lorsqu'il vit subitement apparaître une étrange nuée autour de lui. Il crut d'abord s'être endormi et c'est probablement pour cela qu'il garda son calme au tout début. Une fois la nuée dissipée, il se força à ouvrir grand les yeux : il était à cet instant aux commandes d'un hydravion !!!

Il entreprit d'examiner l'appareil attentivement : il s'agissait, sans l'ombre d'un doute, du même modèle d'avion que son jouet préféré. Il avait beau se pincer, l'apparition était toujours là. « Je dois sûrement rêver », pensa-t-il. « Tant pis, c'est tellement un beau rêve ! » Il commença par bouger lentement le balai, et incroyable, l'avion répondait aussitôt à sa manœuvre. « Mais comment vais-je faire pour piloter cet avion, moi qui ne connais absolument rien à tout ça ? », se demanda-t-il.

Il sentit alors une force invisible le guider dans l'exécution de certaines manœuvres. L'avion, comme un animal docile, répondait aux mouvements que l'enfant lui faisait accomplir. Lorsqu'il voulait tourner à gauche, il n'avait qu'un geste à faire et l'hydravion répondait au changement demandé. S'il voulait prendre de l'altitude, la manette des gaz permettait à l'appareil de se lancer encore plus haut dans le ciel.

Les nombreux cadrans illuminaient le visage tout excité de Mathieu. Par chance, la nuit n'était pas complètement noire. La faible lumière verdâtre diffusée par l'aurore boréale permettait d'entrevoir le faîte des arbres et la surface des nombreux lacs de la région.

Il n'avait jamais été aussi heureux de toute sa vie. Enfin, son rêve qui se réalisait ! Tout semblait si merveilleux !

Mais le temps passait.

Finalement, l'aurore boréale disparut de l'immensité du ciel. Tranquillement, les nuages prirent la place laissée vacante et s'amoncelèrent pêle-mêle. En pilotant l'avion, Mathieu prit conscience que le vent à cette hauteur faisait vaciller son appareil de plus en plus. Il était préférable de changer d'altitude et de se limiter à survoler la forêt et les cours d'eau.

Il entamait une série de cercles quand une violente bourrasque lui fit perdre la maîtrise de son appareil. Mais peu après, il réussit à reprendre le contrôle et termina difficilement la descente, entreprise quelques instants plus tôt.

Il survolait maintenant la forêt à une dizaine de mètres seulement des plus hautes branches.

« Que va-t-il m'arriver maintenant ? », se demanda Mathieu, tout en gardant les yeux fixés aux arbres. Il devait faire extrêmement attention, car la région était couverte de collines assez élevées.

Chapitre 4
Le rêve se transforme en cauchemar

À ce moment-là, le ciel se couvrit entièrement. Dans l'obscurité, le jeune pilote volait uniquement à l'aide de ses instruments.

Puis subitement, comble de malchance, un violent orage électrique éclata. De nombreux éclairs strièrent le ciel et, dans la nuit, cela faisait comme des déchirures de lumière aveuglante. Le bruit de la pluie contre les vitres de l'appareil devenait assourdissant, sans parler du tonnerre qui se répercutait contre les montagnes à l'infini.

La seule solution qui lui restait était d'essayer de se poser sur un des lacs.

« Mais dans la noirceur, comment ferais-je pour me poser sur l'eau ? » se demanda Mathieu. « Avec ces vents forts, je vais sûrement être projeté contre la surface du lac. Le choc va tout détruire en mille morceaux ! Et moi qui ne sais pas bien nager !!! »

Dans la bourrasque, l'hydravion paraissait à Mathieu un bien frêle objet à manœuvrer. Comment en était-il venu à souhaiter être pilote d'un engin semblable ?

Il lui vint alors une idée.

Lorsqu'un éclair jaillissait du ciel, pendant une fraction de seconde, tout un pan de colline s'illuminait. « Si je pouvais utiliser ces précieux instants pour trouver un lac à l'abri des vents les plus forts et tenter d'amerrir, ça pourrait peut-être me sauver. »

Les minutes passaient, l'appareil devenait de plus en plus instable. Il fallait prendre une décision rapidement.

Il essaya de s'orienter à l'aide de la lumière que produisaient les nombreux éclairs. La visibilité était presque nulle et c'est par une chance incroyable qu'il vit à sa droite, tout près, un lac encaissé de petites collines. Il orienta son appareil de façon à pouvoir plonger le plus rapidement possible vers le cours d'eau. Un éclair plus fort que les autres vint à point nommé rayer le ciel et, sans perdre de temps, Mathieu s'engouffra dans le vide en direction du lac. Heureusement, il avait bien calculé sa trajectoire. Quelques secondes plus tard, il sentit l'avion heurter, avec moins de violence que prévu, les vagues du lac qui se bousculaient.

Il glissa sur plusieurs mètres et réussit à atteindre la rive en laissant tourner les hélices du moteur. Une fois que l'appareil fut immobilisé, exténué, Mathieu coupa le moteur. Il prit une corde qui traînait dans l'habitacle et s'en servit pour attacher l'hydravion du mieux qu'il put à un tronc d'arbre sur la rive.

Chapitre 5
Des pas qui ne mènent nulle part

Qu'allait-il faire maintenant ? Et puis, où se trouvait-il au juste ? Était-il loin de sa maison ? Vers où diriger ses pas ? Mille et une questions lui venaient en tête, mais bien peu de réponses. La nuit avait été longue et il s'était passé tellement de choses depuis la discussion avec sa mère qu'il ne savait plus très bien par où commencer. Au fait, quelle heure était-il exactement ?

Mathieu avait quitté le cockpit depuis à peine quelques minutes qu'il était déjà tout trempé. Il restait là, sur la rive, à quelques pas de l'avion, incertain quant à la décision à prendre. Il se mit à trembler de froid. La pluie tombait sans arrêt. Il se décida à marcher. « Cela me réchauffera », se dit-il. « Je dois surtout trouver la route qui mène au village. »

Il se mit à grimper le long d'une pente escarpée. La pluie rendait le sol extrêmement glissant. La boue collait à ses souliers, lui donnant la sensation désagréable de marcher dans du ciment humide. L'escalade s'avéra longue et difficile. Il devait s'accrocher à chaque branche, à chaque racine qu'il rencontrait. À plusieurs reprises, Mathieu dérapait et tombait de tout son long sur la terre détrempée.

Il réussit avec beaucoup de difficultés à atteindre le sommet. Là, au travers de la pluie, il entrevit une brèche dans la forêt. Il poursuivit sa marche. Était-ce possible ? Dans la luminosité d'un éclair, il discerna, à quelques pas devant lui, une route de gravier. Un chemin de gravier semblable à celui qui passait devant chez lui.

Maintenant, debout au centre de la route, Mathieu demeurait perplexe. Il lui restait à prendre une dernière décision. « De quel côté me diriger maintenant ? » se demanda-t-il. « Si j'allais par là ? » Il haussa les épaules. « De toute manière, un côté ou l'autre, comme je suis perdu, ça m'est bien égal. Au point où j'en suis ! »

Il marchait depuis un bon moment lorsque la pluie se mit à diminuer d'intensité. Le vent perdit aussi de sa force, se transformant en une brise légère. Finalement, la pluie cessa. À l'horizon apparut une petite clarté. Le matin approchait. « Peut-être qu'avec de la chance, un véhicule passera sur la route », se dit Mathieu.

Au bout de deux ou trois kilo-mètres de marche, une immense fatigue s'empara du jeune garçon. Il décida de se reposer un peu sur le bord de la route. Il s'étendit dans l'herbe mouillée et il s'endormit rapi-dement.

Chapitre 6
Le retour à la maison

La mère se réveilla en sursaut. Une impression bizarre la tenaillait. « J'ai dû faire un mauvais rêve ! » Elle pensa aussitôt à son père, absent de la maison. « Ça fait bien deux semaines aujourd'hui qu'il est parti à son camp. J'espère qu'il ne lui est rien arrivé ! »

Elle frissonna dans la chambre. « Au fait, comment se fait-il que je n'entende pas Mathieu ? D'habitude, c'est toujours lui, le premier réveillé dans la maison. Je ferais bien d'aller voir ce qui se passe. »

Elle s'habilla en vitesse et, ouvrant la porte qui mène à la cuisine, elle éprouva un sentiment étrange. Elle se rendit dans la chambre de son fils. La pièce était vide. Tout était rangé comme la veille. « Où peut-il bien être ? », se questionna-t-elle à voix haute.

– Mathieu ! Mathieu !

Elle fit le tour de toutes les pièces. Le garçon restait introuvable.

Elle se rendit à l'arrière de la maison, où il avait coutume de jouer. Elle cria son nom, mais même l'écho de la forêt ne pouvait lui répondre. Elle sortit et fit alors le tour complet de la maison. La mère constata qu'il n'y avait aucune trace de pas dans la rosée du matin.

Où aller ?

« Qu'est-il arrivé pendant que je dormais ? », se dit-elle, prenant de plus en plus conscience de sa détresse. « Peut-être que... sur la route ! Oui, je vais aller voir sur la route. Peut-être y trouverais-je un indice de son passage. »

La femme marcha d'un pas ferme en s'éloignant du village. « Vais-je dans la bonne direction ? Mathieu aura peut-être rendu visite à ses amis... », pensa-t-elle, lorsque tout à coup, à quelques pas, elle aperçut une forme humaine renversée sur le bord de la route. Elle s'approcha en courant et se rendit compte que c'était son fils. Il semblait dormir et était tout recroquevillé à cause du froid du matin. Ses vêtements, couverts de boue, étaient méconnaissables. Lentement, avec beaucoup de douceur et de précaution, elle le réveilla. Tout endormi, Mathieu semblait complètement perdu. Sa mère lui expliqua qu'il était à moins d'un kilomètre de chez lui.

– Comment se fait-il que tu ne

sois pas dans ton lit ?

— Attends, *Nikaui*. Je ne comprends plus rien.

Mathieu tentait de recouvrer ses esprits.

— Tu te souviens, hier soir, lorsque nous parlions de la légende de l'aurore boréale ? Eh bien... Attends un peu. Je suis si fatigué...

Mathieu bâilla longuement. Puis, il reprit ses explications.

— Après que tu sois allée te coucher, je suis retourné admirer le ciel. Par la porte grillagée, je pouvais voir l'aurore boréale poursuivre ses beaux dessins dans le ciel. Je me sentais comme envoûté par tout ce que je voyais. Et, tout en contemplant la nuit, j'ai pensé à mon rêve de devenir pilote. Aussitôt, comme par enchantement, je me suis retrouvé aux commandes d'un hydravion semblable au jouet que *Nimushum* m'a fabriqué.

– Qu'est-ce que tu dis ? Voyons, es-tu en train de perdre la tête ? Mathieu, ne raconte pas de sottises.

La mère semblait complètement abasourdie par le récit de Mathieu.

– Il est vrai, ajouta le jeune garçon en souriant après un moment de silence, que cette histoire est difficile à croire. Mais, *Nikaui*, je te jure !

Tout cela est vrai ! Je n'invente rien !
Cette nuit, j'ai vraiment piloté cet
avion !

Le garçon baissa les yeux et
regarda ses vêtements tout maculés
de terre.

– Mais ne me demande pas
comment, je ne le sais pas moi-même.

La mère soupira.

Le jeune garçon s'approcha
lentement d'elle.

– *Nikaui*, il faut me croire.
C'était comme dans un rêve, mais en
même temps, je suis sûr que c'était
réel. J'ai volé pendant des heures et
des heures.

Se rappelant les derniers incidents, Mathieu ouvrit, à cet instant, grand les yeux.

– Puis, subitement, un épouvantable orage est arrivé. Si tu savais, *Nikaui*, combien j'ai eu peur à cet instant. J'ai dû poser l'hydravion en catastrophe sur un des lacs tout près d'ici. Je ne sais même pas où. Il pleuvait et il faisait tellement noir ! Je voudrais tant retrouver l'endroit !

À l'aide de sa robe, la mère tentait d'essuyer le visage de Mathieu, taché de terre et de brindilles.

– Je t'en prie ! Laisse-moi poursuivre mon histoire !

Encore quelque peu endormi,

Mathieu se rassit dans l'herbe mouillée.

– Après mon amerrissage...

L'enfant hésitait.

– Il pleuvait à torrent. J'ai gravi une côte qui m'a conduit directement sur cette route. J'ai marché, j'ai marché..., mais je me suis senti tellement fatigué que je me suis assoupi ici.

Tout en parlant, le garçon regardait autour de lui.

– J'ai volé pendant des heures et des heures. Mais par quelle magie, je me retrouve à deux pas de la maison, ça, je ne pourrais pas le dire. Qu'est-ce qui a bien pu se passer entre mon amerrissage et mon réveil ?

– Mathieu, c'est si étrange tout ce que tu me racontes. Enfin, viens, lève-toi, on va aller à la maison. Tu dois avoir faim.

Tout en marchant, sa mère continua de lui parler et de lui poser des questions sur l'inexplicable nuit. Mais l'enfant ne l'écoutait plus. Il se retournait à tout moment et contemplait la route qui se perdait au loin, comme avalée par la sombre forêt.

À force de ressasser tous ces événements, il se mit à douter de la réalité de la nuit. « Tous ces souvenirs font peut-être partie d'un songe étrange et mystérieux », pensa-t-il.

À l'approche de la maison, sa mère reprit la conversation.

– Tu sais, Mathieu, il y a peut-être une explication à tout cela ?

– Tu crois vraiment ?

– Peut-être es-tu comme ton grand-père quand il avait ton âge. Il me racontait, qu'enfant, il lui arrivait d'être somnambule.

– Ça veut dire quoi, somnambule ?

– C'est une personne qui, dans son sommeil, agit comme quelqu'un qui est éveillé. Elle se lève, marche, fait différentes choses, comme aller aux toilettes, se laver les mains.

– Mais je ne me suis pas lavé les mains hier soir !

La mère sourit.

– Laisse-moi poursuivre. Quelquefois, il peut même parler tout en dormant. Tu sais, c'est tout à fait normal et il n'y a vraiment rien de mystérieux là-dedans. De plus, il paraît que c'est assez fréquent chez les enfants bourrés d'imagination comme toi. Plus j'y pense et plus je crois que c'est ce qui s'est réellement passé cette nuit. Complètement exténué par ta journée, tu t'es proba- blement assoupi dans la cuisine. Puis, somnambule, tu t'es dirigé, après avoir quitté la maison, vers la route où, après quelques pas, tu as sombré dans le sommeil.

Éberlué, Mathieu regarda sa mère.

– Mais *Nikaui*, je ne me rappelle pas du tout m'être endormi dans la cuisine. Au contraire, j'étais debout devant la porte et je regardais l'aurore boréale, quand tout a basculé et que cette aventure a commencé. À ce moment-là, j'étais vraiment aux commandes de mon avion. Je me suis même pincé le bras pour être vraiment sûr que ce n'était pas un rêve.

– !!!

Le garçon se grattait la tête.

– Tu ne me crois pas, hein ?

– Ce n'est pas que je ne te crois

pas, mais toute cette histoire me semble si invraisemblable...

– Maman, si tu voulais, aujourd'hui, on pourrait essayer de retrouver l'hydravion sur le lac. Ça doit être tout près d'ici, parce que je ne me rappelle pas avoir marché bien longtemps.

– Oui, peut-être. Mais pour l'instant, il faut manger. Je vais préparer le déjeuner et toi, pendant ce temps, tu vas prendre une bonne douche chaude et tu vas changer tes vêtements. Ils sont tout sales et tout trempés. Tu risques de prendre froid.

– Oui, mais est-ce qu'on peut aller voir tout de suite après avoir mangé ?

– On verra ça tantôt.

Chapitre 7
Les yeux ne peuvent mentir

Après avoir enfilé des vête-ments secs, Mathieu alla rejoindre sa mère qui finissait de préparer le petit-déjeuner.

Leur bol de gruau fut vite avalé. Ayant terminé le premier, Mathieu commença à ranger dans l'évier le peu de vaisselle qu'il avait utilisé.

– Maman, est-ce qu'on pourrait y aller tout de suite ?

La mère sourit au garçon.

– Toi, quand tu as une idée en tête...

– Je vais aller faire démarrer le quatre-roues.

Sans attendre la réponse, l'enfant quitta la maison. Sa mère vint le rejoindre bientôt et prit le guidon de l'engin. Mathieu s'assit contre elle, à l'arrière, et ils partirent sur-le-champ.

Ils se dirigèrent vers l'endroit où Mathieu s'était endormi plus tôt. Ils n'avaient guère d'autre choix que de poursuivre leur route dans la direction opposée à la maison. Ils firent ainsi quelques kilomètres. Jusque-là, aucun des lacs rencontrés ne correspondait à celui qu'ils recherchaient. Ils roulèrent encore quelques minutes.

La mère immobilisa le quatre-roues sur le côté de la route.

– Nous roulons depuis quelque temps et j'ai l'impression que nous ne trouverons jamais l'endroit que nous recherchons.

L'enfant était bien déçu.

– Oh ! Essayons encore. Je suis sûr que nous ne devons plus être bien loin.

– Poursuivons encore un peu, et si nous ne trouvons pas le lac, nous retournerons à la maison.

La mère fit démarrer à nouveau le véhicule et ils partirent aussitôt. Quelques instants plus tard, ils arrivèrent à la hauteur d'un cours d'eau qui répondait exactement à la description qu'avait fait le garçon. Ils descendirent rapidement du véhicule et, après avoir suivi un petit sentier, ils se retrouvèrent en bordure du lac.

– Wow !

– Ce n'est pas possible !

Complètement ébahis, la mère et l'enfant restèrent immobiles devant le spectacle qui s'offrait à leurs yeux. La silhouette de l'hydravion se dessinait sur les flots bleus du lac.

– Je te l'avais bien dit, hein ?

– C'est le même avion que ton grand-père t'a fabriqué ! Et en plus,

de la même couleur ! C'est fantastique !

La mère semblait bouleversée par ce qu'elle voyait.

– Maintenant, est-ce que tu me crois ?

– C'est difficile à accepter, mais je n'ai pas le choix ! Mes yeux ne peuvent mentir !

L'hydravion était amarré à un tronc d'arbre mort, à environ une centaine de mètres du sentier où la mère et l'enfant se tenaient.

– Tu vois, il n'a pas bougé. C'est moi qui l'ai fixé à ce tronc d'arbre.

Tout fier de lui, Mathieu se sentait aussi léger qu'un oiseau, ou plutôt, qu'un avion.

– Viens, allons voir de plus près, proposa-t-il.

– Attends un peu.

– Attendre quoi ? Viens, n'aie pas peur. C'est mon avion...

– Je n'ai pas peur, mais j'aimerais mieux aller chercher quelqu'un du village. Il pourrait nous aider.

– Nous aider à quoi ?

– Écoute-moi, Mathieu. Puisque ton grand-père est parti à son camp de pêche, on va aller chercher le vieux Joseph. Peut-être pourra-t-il nous aider à trouver à qui appartient cet avion.

Mathieu regarda tour à tour sa mère et l'avion.

– Oh, *Nikaui* ! On est tout près de l'avion. Allons voir maintenant ! Ensuite, nous irons chercher...

– Non. Retournons sur nos pas. De toute façon, l'aller-retour ne sera pas bien long. L'avion ne va certainement pas s'envoler tout seul.

– O.K. Je vais rester ici, moi. Toi, va chercher Joseph. Je vais vous attendre. Je te promets que je ne m'approcherai pas de l'appareil.

– Il n'en est pas question ! Viens maintenant !

Déçu, Mathieu s'éloigna avec sa mère. Ils retrouvèrent leur véhicule, le mirent en marche et se dirigèrent rapidement vers le village.

Chapitre 8
Toute une surprise !

Une fois arrivés au centre de la petite agglomération, ils s'acheminèrent vers la maison de bois rond du vieux Joseph. Ils frappèrent à la porte. Par chance, Joseph était là. Il vint leur ouvrir la porte et les fit entrer. Après de brèves salutations, la femme prit la parole.

– Ce serait trop long de te raconter toute l'histoire, Joseph, mais il y a un hydravion sur un lac situé tout près d'ici. Est-ce que tu sais à qui il appartient ?

– Il appartient à tout le monde, voyons.

– Euh... je ne parle pas du lac, je parle de l'avion.

– Je le savais bien ! C'était une blague !

Après avoir ri un bon coup, le vieil homme redevint sérieux.

– De quel lac parles-tu alors ?

– Il s'agit peut-être du Lac-au-Mirage, mais je ne suis pas sûre. Je n'ai jamais été bien bonne pour retenir les noms des lieux. Peut-être ferais-tu mieux de nous accompagner et de venir voir de quoi il s'agit.

– Pourquoi voulez-vous savoir à qui appartient cet avion ? Voulez-vous l'acheter ?

La mère parut embarrassée par la question du vieil homme.

– Euh... En fait, non... Nous voulons juste savoir, comme ça...

– Comme ça, en passant ?

– Joseph, on va t'expliquer une fois que nous serons sur place. Ne t'inquiète pas. Nous voulons juste que tu nous y accompagnes.

– Votre quatre-roues ne fonctionne pas ? Pourtant j'ai cru l'entendre il n'y a pas si longtemps !

– S'il te plaît, Joseph, viens...

Le vieil homme regarda derrière lui.

– Je ne sais pas... J'étais en train de me préparer un peu de thé...

– Joseph, tu ne pourrais pas...

Mathieu soupira bruyamment.

– L'eau doit être prête maintenant...

– ...

La mère et l'enfant, debout l'un près de l'autre, se demandaient ce qu'ils devaient faire pour que le vieil homme accède à leur demande. Au bout d'un moment, voyant les larmes venir aux yeux de l'enfant, le vieil homme s'approcha d'eux.

– D'accord. Mais à une condition.

– Laquelle, Joseph ?

Le garçon regardait le vieil homme d'un air anxieux, souhaitant de tout son coeur que l'exigence à venir ne soit pas trop difficile à remplir.

– À la condition de prendre mon vieux camion, ce sera tellement plus confortable ! Je ne nous vois pas, tous les trois, assis sur votre bicyclette à moteur.

Soulagé, Mathieu pouffa de rire.

Ils quittèrent bientôt la maison et prirent place dans le petit camion. Ils firent le trajet assez rapidement et se stationnèrent à la même place que précédemment. À peine une demi-heure s'était écoulée depuis que Mathieu et sa mère avaient quitté les lieux.

Ils s'engagèrent dans le sentier qui menait au lac. À cause de son grand âge, Joseph marchait péniblement et Mathieu dut, à maintes reprises, prêter assistance au vieil homme dans la descente.

Ils se retrouvèrent finalement au bord du lac.

Mais que s'était-il passé ?

L'avion avait disparu. Plus rien. Envolé...

– Eh bien, on dirait que vous avez tous les deux rêvé d'un hydravion invisible, dit Joseph, moqueur.

– Je ne comprends pas. L'avion était bien là, il y a quelques minutes à peine, à quelques pas d'où on se trouve. Tu vois, là-bas ? Il était attaché à ce tronc.

– C'est vrai, Joseph. Je l'ai même piloté durant toute la nuit !

– À mon avis,...

Les sourcils du vieil homme s'arquèrent en un immense point d'interrogation.

– Qu'est-ce que tu me racontes là ? Tu as piloté...

– Ce n'est rien, coupa la mère. Mathieu rêvait tout haut. Voyons, toi, murmura-t-elle, tout en faisant une grimace à son fils, ne raconte pas de sottises !

En se retournant vers Joseph, elle ajouta :
– Bien... On s'excuse, Joseph. C'était sûrement un hydravion de pêcheurs, et comme je le constate, ils sont repartis avant qu'on ait eu le temps de revenir. Je m'excuse, vraiment. Allez, il ne reste plus qu'à rentrer.

– Mais, *Nikaui* ?...

– Viens, je te dis.

Ils regagnèrent le village, sans échanger un mot.

Chapitre 9
Dans le silence de la nuit

De retour à la maison, la mère et le fils s'assirent à la table de la cuisine. La mère commença à parler.

– Tu te souviens du séjour que nous avons fait au camp de ton grand-père, l'automne dernier ?

– Oui, il faisait si chaud ! *Nimushum* disait que les Blancs appelaient cette période « l'été des Indiens ». Il disait qu'il fallait beaucoup d'imagination pour avoir inventé une expression comme celle-là.

– Il a peut-être raison. Autrefois, nos ancêtres voyageaient beaucoup durant cette période de l'automne.

La femme avait posé sa main sur le bras de l'enfant.

– Mais il ne s'agit pas de cela. Je veux te parler de la chanson que nous fredonnions souvent sous la tente. Celle où il est question du vieux loup qui meurt abandonné des siens.

Mathieu semblait chercher dans sa mémoire.

– Oui, je m'en souviens un peu...

– Tu te rappelles, *Nimushum*

nous expliquait qu'après la mort, le loup renaissait dans son fils. Il disait que l'être qui meurt finissait toujours par revivre dans l'être qu'il aime le plus. Enfin, il disait quelque chose qui ressemble à ça.

La mère se tut et caressa le bras de l'enfant. L'espace d'un instant, elle parut perplexe. Elle regarda à nouveau Mathieu et sourit.

– Je pense souvent à cette chanson. Elle vient de nos ancêtres. Je crois en la réincarnation des animaux et des esprits. Si je peux croire à tout cela, pourquoi ne croirais-je pas à ton histoire ? Peut-être que le songe de cette nuit n'était pas un songe. Peut-être que tu as vraiment vécu ce que tu racontes. Ainsi, ton vœu aurait été exaucé. D'ailleurs, comment expliquer que cet avion ait disparu subitement ? Dans les légendes, il y a tellement de choses étranges, impénétrables et inexplicables.

La mère se tut.

Dans la maison, tout était silencieux. On entendait à peine, venant de l'extérieur, le chant des oiseaux et le bruit du vent dans les branches.

Après un moment, Mathieu se leva. Sa mère, les yeux fermés, semblait dormir. Il s'avança timidement et l'étreignit. Lorsqu'elle sentit les mains de son fils effleurer son visage, elle se tourna vers lui. À cet instant, ses yeux se voilèrent. Les larmes l'empêchaient de voir clairement son fils.

Pendant la journée, la mère et le jeune garçon retrouvèrent leurs vieilles habitudes. Les travaux quotidiens accaparant l'une, les jeux solitaires occupant l'autre, ils se rejoignirent au début de la soirée, sur les marches de la galerie.

C'était le tout début d'une de ces premières nuits d'automne, où quelquefois le ciel revêt un aspect insolite. Leur regard, tentant d'émerger de l'ombre, plongeait tout entier dans la clarté indifférente de la lune naissante.

Après quelques temps, Mathieu poussa un gros soupir.

– Je crois bien qu'il n'y aura pas d'aurore boréale cette nuit, murmura-t-il.

– Avec toutes ces étoiles, le ciel est quand même magnifique. Mais il se fait tard, tu dois être complètement épuisé.

Après quelques minutes de silence, la mère ajouta :
– Tu devrais peut-être aller dormir maintenant ?

– Oui, *Nikaui*.

– Bonne nuit, Mathieu.

L'enfant posa sa tête contre l'épaule de sa mère.

Pendant un long moment ils restèrent ainsi à contempler la nuit sans bouger. Puis l'enfant se leva et pénétra dans la maison.

*   *   *

Cette nuit-là, à l'instant où Mathieu s'endormit, de nouvelles traînées de lumière verte commencèrent à vaciller vers le nord.

Restée seule à l'arrière de la maison, la mère aperçut un hydravion, tout feux éteints, volant silencieusement dans la nuit.

Lexique

Nikaui : ma maman, en innu (montagnais)

Nimushum : mon grand-père, en innu (montagnais)

Table des matières

Titres disponibles dans la collection

roman de l'aube

Fausse alerte, de Christophe Loyer, illustré par Jocelyn Jalette.

Pingualuit ou la fontaine de Jouvence, de Diane Groulx, illustré par Chantal Gervais.

Le couteau magique, de Louise-Michelle Sauriol, illustré par Brenda Watson.

Les complices de Pain d'épices, de Christiane Chevrette, illustré par Anne Michaud.

L'avion fantôme, de Jacques Laplante, illustré par François Girard.